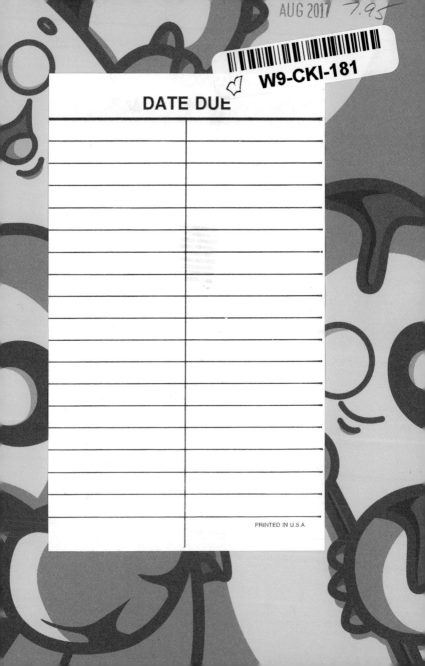

AUG 2017 7.95

LOS AMARILLOS DE PARÍS

J
GRAPHIC
NOVEL
GOTTOT,
K.
v. 3

Título original: *Les dragouilles, Les jaunes de Paris*
Editor original: Editions Michel Quintin

Los dragonilos, Los amarillos de París
ISBN 978-607-9344-85-6
1ª edición: julio de 2015

© 2015 *by* Karine Gottot
© 2015 de las ilustraciones *by* Maxim Cyr
© 2015 de la traducción *by* Françoise Major
© 2015 *by* Ediciones Urano, S.A.U.
Aribau, 142 pral. 08036 Barcelona
Ediciones Urano México, S.A. de C.V.
Av. Insurgentes Sur 1722 piso 3, Col. Florida,
México, D.F., 01030 México.
www.uranitolibros.com
uranitomexico@edicionesurano.com

Edición: Valeria Le Duc
Diseño Gráfico: Joel Dehesa

Impreso en China – *Printed in China*

MAXIM CYR Y KARINE GOTTOT

LOS

DRAGONILOS

LOS AMARILLOS DE PARÍS

3

uranito

Nota de los autores

Les pedimos a todos los viajeros que abran su libro de dragonilos y se abrochen el cinturón. En caso de reírse a carcajadas, favor de utilizar la llanta de refacción.

Esta vez, estamos en una de las ciudades más visitadas del mundo. ¿Adivinaron? Se trata de París, la capital de Francia.

¡Ahhhhh, París! Ciudad gastronómica, histórica, romántica, mágica y ¡muchas cosas más que terminan en "ica"!

Para algunos, París es la verdadera ciudad de los enamorados. ¡No faltan lugares hermosos en donde besarse! Ya sea en los puentes que atraviesan el río Sena, a los pies de la torre Eiffel o en la avenida de los Campos Elíseos, París es el lugar donde el intercambio de bacterias se hace de la manera más romántica. Bisou! Bisou! Bisou!

Los techos de París reservan muchas sorpresas a quien se tome el tiempo para mirarlos. **Max** y **Karine** lo saben. ¡Una verdadera cosa de locos, puesto que en la capital francesa estar sobre los techos es tan divertido como estar debajo de ellos!

Síganos, y descubrirán el fascinante mundo de los dragonilos amarillos de París.

¡1, 2, 3, vamos de nuez!

- **Max** y **Karine** -

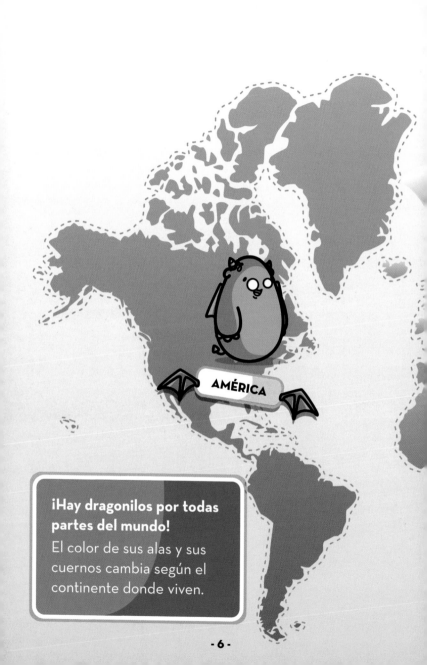

AMÉRICA

¡Hay dragonilos por todas partes del mundo!
El color de sus alas y sus cuernos cambia según el continente donde viven.

EUROPA

ASIA

ÁFRICA

OCEANÍA

TE PRESENTAMOS A LOS dragonilos QUE VAS A CONOCER:

LOS gemelos

Los Gemelos se creen los mejores en juegos de palabras. Sin embargo, de sus chistes ¡sólo ellos se ríen!

LA artista

Es la más creativa de su grupo. Dibuja por todos lados, ¡hasta sobre su vecina!

LA QUE ESTÁ A LA MODA

Aquí está la dragonila ultracool. Tan a la moda que electriza todo al pasar.

LA GEEK

Esta dragonila heredó un extra de neuronas entre sus dos orejas. ¡Gracias a ella, el CI del grupo sube!

EL CHEF

Este dragonilo con gorro blanco sabe cocinar mucho más que huevo hervido. Paté de anchoas con salsa de basura, ¿se les antoja?

LA REBELDE

La Rebelde es la dragonila atrevida. ¡Es todo un torbellino! No teme a nada ni a nadie. No cabe duda, es una pequeña bribona.

LOS AMARILLOS

Ya estás en compañía de dragonilos de alas y cuernos amarillos. Estos pequeños europeos te llevan a su universo parisino para que descubras su modo de vida.

Los techos de París ofrecen a estos bribones un terreno de juegos incomparable. Cornisas, chimeneas y tragaluces son algunos de los muchos lugares para posarse y preparar sus travesuras de dragonilos. París es una ciudad densamente poblada. Cada metro cuadrado está ocupado. Tanto es así que los dragonilos deben compartir su espacio con gatos y palomas.

¡Bah!... ¡Es bueno para hacer amigos!

LOS GEMELOS

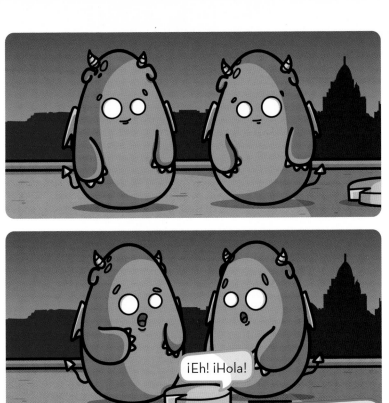

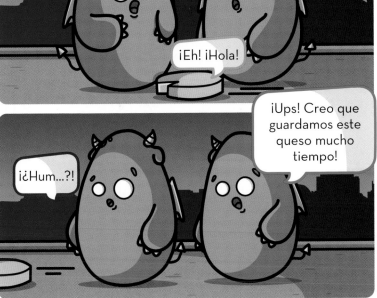

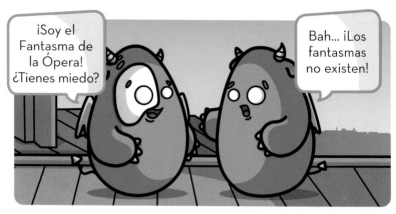

HABLAR AL REVÉS

A Los Gemelos les fascina espiar conversaciones de jóvenes parisinos. El juego favorito de estos dragonilos indiscretos es atrapar en el momento algunas palabras en *verlan*, que les encantan.

El *verlan* es el lenguaje hablado por los jóvenes de París en el cual se inventan algunas palabras gracias a una inversión de sílabas. Con el fin de ayudar a su pronunciación, las palabras también pueden sufrir otras transformaciones. Por ejemplo, la última vocal puede suprimirse o modificarse.

De la misma manera, pueden alterarse expresiones cortas. La palabra *verlan* proviene justamente de la inversión de la *expresión à l'envers*, que quiere decir 'al revés'.

¿Qué haces de cabeza?

¡Hablo *verlan*!

AQUÍ VA LA LISTA "VERLAN" DE LOS GEMELOS:

MUSIQUE - ZICMU
MÚSICA - SICAMU

LOUCHE - CHELOU
DUDOSO - DOSODU

FÊTE - TEUF
FIESTA - TAFIES

LOURD - RELOU
PESADO - SADOPE

BIZARRE - ZARBI
BIZARRO - ZARROBI

BISOU - ZOUBI
BESO - SEBO

NOTRE DAME DE LAS QUIMERAS

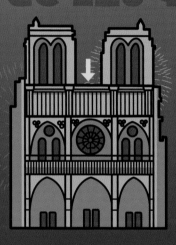

La catedral de Notre Dame de París está ubicada en pleno corazón de la ciudad, en la Isla de la Cité. Esta verdadera obra maestra del arte gótico atrae cada año a millones de visitantes.

A 46 metros del suelo se encuentra uno de los lugares más misteriosos de Notre Dame. Se trata de la galería de las quimeras que une las dos torres y que se prolonga en las cuatro caras de éstas. En cada ángulo de esta gran balaustrada, se pueden divisar extrañas creaturas.

Las quimeras, seres diabólicos, fantásticos, con figura de bestia o de humanoide, están ubicadas en el borde de la gran galería y parecen observar París desde lo alto.

Cuando cae la noche y los turistas se han ido de Notre Dame, los dragonilos vienen a saludar a sus primas. Como las quimeras no se pueden mover, los dragonilos aprovechan su visita para hablarles de los chismes de la capital.

¡Que viva la "tafies"!

La Estirge es, sin duda, la quimera más famosa de Notre Dame de París. Parece una diabla alada. Es la única quimera que tiene un nombre propio. Este espíritu nocturno y malvado está posado sobre la galería de Notre Dame desde hace más de 150 años.

LA ARTISTA

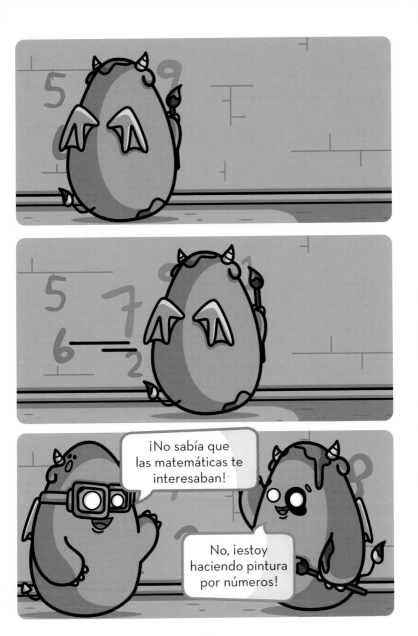

La estrella

La *Mona Lisa* es, sin duda, el cuadro más famoso del mundo. Es la obra que atrae al mayor número de visitantes al Museo del Louvre de París. La realizó el italiano Leonardo da Vinci. En toda la historia de la pintura, *La Mona Lisa* es uno de los primeros retratos cuyo sujeto esboza una sonrisa.

LA MONA LISA TOMA EL AIRE

En 1911, a la hora de cerrar el Louvre, Vincenzo Peruggia, un italiano que quería llevar *La Mona Lisa* a su país natal, logró esconderse en el museo. Volvió a salir de ahí de incógnito en la madrugada, con *La Mona Lisa* bajo su brazo. La investigación duró dos años y se acabó cuando Peruggia cometió la imprudencia de enseñar el cuadro a un famoso anticuario de Florencia que reconoció la obra. Éste denunció al ladrón poco después.

En 1914, *La Mona Lisa* fue puesta nuevamente en el Museo del Louvre. Esta vez, ¡ya no querían tomar ningún riesgo! Protegieron a la bella de los malvados bajo varias capas de cristal antibalas.

TORMENTA EN UNA BOLA DE NIEVE

¿Conoces las bolas de nieve? ¿Sabes? Esas irresistibles bolas llenas de agua, en cuyo centro se encuentran objetos miniatura. Una vez agitadas, nos provocan escalofríos de emoción con sus copos de nieve.

Ninguna fuente nos permite determinar con precisión quién es el inventor de la bola de nieve o de dónde proviene. Por otra parte, se dice que en la inauguración de la torre Eiffel, durante la Exposición Universal de París que tuvo lugar en 1889, la bola de nieve fue el indispensable recuerdo con el cual todos querían regresar en sus maletas.

Al parecer, siete vidrieros crearon y vendieron a los turistas pequeñas torres Eiffel colocadas dentro de bolas de nieve. Una idea bastante chistosa, por-que, en realidad, ¡no es muy común que los copos de nieve den cosquillas a la torre Eiffel!

Aunque ya sean menos po-pulares que antaño entre los turistas, las bolas de nieve ahora vuelven felices a los colec-cionistas.

FABRICA
TU BOLA DE NIEVE

Un bote de vidrio y su tapa (Un bote de comida para bebé será perfecto.)

Una tapa de botella de agua

Pegamento resistente

Una figurilla o pequeños objetos decorativos de plástico

Diamantina (La diamantina debe ser pequeña, si no flotará encima del agua.)

Agua caliente

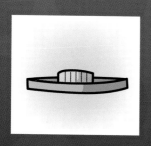

1. Con la ayuda de un adulto, pon pegamento sobre el contorno de la tapa de agua. Utiliza un palillo para extenderlo. Fija sólidamente la tapa de agua en el centro interior de la tapa del bote.

 2. Pega tu figurilla sobre la tapa de agua. Si tienes otros adornos, puedes pegarlos en la tapa del bote.

 3. Deja que todo seque bien (alrededor de 20 minutos).

 4. Pon brillos en el bote (aproximadamente una cucharada sopera).

 5. Llena el bote con agua caliente. Eso creará un efecto de succión cuando aprietes la tapa.

 6. Pon la tapa sobre el bote y apriétala muy fuerte.

¡HECHO! TIENES UNA BOLA DE NIEVE LISTA PARA QUE LA AGITES.

LA QUE ESTÁ A LA MODA

¡Genial! Encontré un aparato para entrenar. ¡Voy a poder ponerme en forma!

Es el Súper Master Deluxe 2010 Músculos Energizer con pantalla, barrote *stainless steel waterproof*, edición limitada, versión mejorada, sólo disponible en los supermercados, con dos años de garantía de fábrica, a prueba de fuego y sin grasas trans.

¡Uff! Sólo de leer la descripción... ¡estoy agotada!

TECKTONIK

Tecktonik es un término ampliamente extendido para designar un tipo de baile electrónico. Si es verdad que esta denominación tiene un pequeño lado cósmico, por su parte, los aficionados del Tecktonik tienen los pies bien firmes en la tierra.

Este baile fue creado en los años 2000 por jóvenes parisinos. Se divertían mezclando sus propios movimientos con diferentes estilos como el *voguing*, el *popping* y el *breaking* al escuchar música electrónica.

Los movimientos de brazos que caracterizan este baile son, por lo menos, sorprendentes. Se trata de agitarlos haciendo oscilaciones rápidas en todos los sentidos. Visualmente, da la impresión de que el bailarín está afectado por espasmos musculares o que lucha contra fuertes comezones.

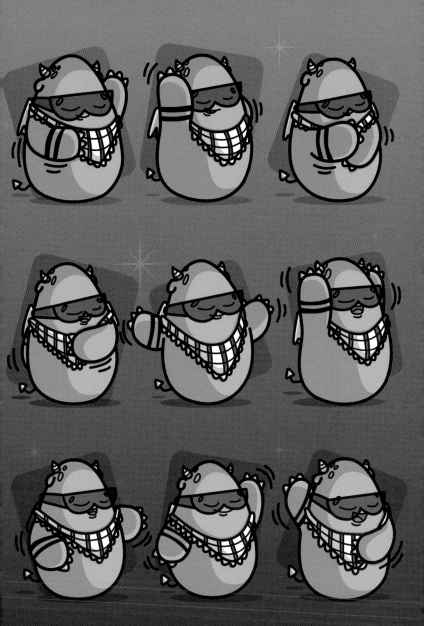

Salvemos a los enanos de jardín

Los enanos de jardín son estatuillas que representan pequeños seres joviales, cachetones, barbudos, con gorras rojas y puntiagudas. Verdaderos símbolos de amabilidad y alegría de vivir, estos simpáticos gnomos pueblan los jardines para poner un poco de magia en las jardineras.

Los enanos de jardín disfrutan de una gran popularidad en Alemania, el Reino Unido y Francia. Sin embargo, este entusiasmo por el enano jardinero no contagia a todos. Hay gente que encuentra estas figurillas de mal gusto; otros hasta se preocupan por el destino reservado para las amables creaturas.

EL FRENTE DE LIBERACIÓN DE LOS ENANOS DE JARDÍN

Se trata de una asociación cuyo objetivo es liberar a estos pobres seres de su destino desgraciado. Los miembros del FLEJ afirman que los enanos de jardín tienen un alma y derecho a la libertad.

Los militantes de esta organización llevan sus operaciones clandestinas en grupo. De noche, roban a los enanos en los jardines para liberarlos en el bosque, donde, según ellos, serán plenos y felices.

Seguramente crees que estos asaltos nocturnos son de naturaleza humorística. Por cierto, en cada caso, los secuestradores depositan un mensaje en el buzón del dueño del enano raptado, indicándole dónde podrá recuperar a su pequeño protegido.

La dama de hierro

Cuando pensamos en París, una de las primeras imágenes que nos viene a la cabeza es, obviamente, la de la torre Eiffel. Verdadero símbolo de la ciudad, la torre de 300 metros reina sobre París desde hace más de 100 años.

En la Exposición Universal de 1889 que celebraba el centésimo aniversario de la Revolución francesa, París quería llamar la atención del mundo entero con la creación de un monumento excepcional. Entre los 700 proyectos presentados, el de Gustave Eiffel, ingeniero especializado en estructuras metálicas, fue escogido. Su ambiciosa idea consistía en construir la torre más alta del mundo, en esa época.

Eiffel y su equipo realizaron más de 5000 dibujos antes de emprender la obra. Aunque Eiffel había previsto acabar la construcción de la torre en 12 meses, se necesitó del doble para ensamblar las 18 000 piezas de hierro con la ayuda de 2.5 millones de pernos.

Hoy en día, la torre que recibió el apellido de su inventor es el monumento más visitado de Europa y el más fotografiado de París. Para hacer buena figura frente a todos sus admiradores, ¡esta gran dama de hierro no tiene otra opción que ser un poco vanidosa! Su belleza se mantiene gracias a una cura de rejuvenecimiento, más o menos cada siete años, que necesita siete toneladas de pintura y 10 toneladas de antioxidante!

Los cuatro enormes pilares de la torre Eiffel corresponden a los cuatro puntos cardinales. Al contemplar la torre, no se puede adivinar que bajo ella esconde todo un mundo subterráneo. De hecho, en los sótanos del pilar oeste se encuentran las poleas, los pistones, los puestos electrónicos y el taller de reparación de los elevadores.

¿Qué puede ser más alto y más ligero que la torre Eiffel?

La torre de las locuras

1889 - LA ZANCUDA TEMERARIA

Un panadero irlandés cumplió la hazaña de escalar sobre zancos las 346 escaleras que llevan al primer piso de la torre Eiffel.

1912 - EL HOMBRE-PÁJARO

Franz Reichelt, un sastre francés, se aventó del primer piso de la torre con el fin de demostrar la eficacia de una "capa-paracaídas" que había inventado. ¡No tuvo suerte! En el aire, el paracaídas se dobló bajo él en lugar de abrirse, y el desafortunado hombre-pájaro se estrelló brutalmente en el suelo. Hasta se cuenta que Franz Reichelt murió de miedo durante la caída.

1925 - SE VENDE LA TORRE EIFFEL

Victor Lustig, un estafador del peor tipo, hizo creer a un chatarrero crédulo que la torre Eiffel iba a ser demolida. Por lo tanto, le vendió el monumento de hierro en piezas sueltas. Claro, no era más que una trampa. Una vez que estuvo cobrado el cheque, cuyo valor representaba una cuarta parte del precio, Lustig huyó con el dinero de su cliente demasiado ingenuo.

1948 - EL REGALO INUSITADO

El dueño del Cirque Bouglione ofreció como regalo una visita a la torre Eiffel a la elefanta más grande de su compañía, la cual cumplía 85 años. Ésta subió las escaleras hasta el primer piso, pero no persiguió su ascensión. ¿Será que tuvo un problema de reumatismo... elefantesco?

1987 - ¡BOINGGG!

El neozelandés A. J. Hackett se transformó en un yo humano al ejecutar un salto en *bungee* no autoriza desde el segundo piso de la torre Eiffel.

ACERTIJO: ADIVINA LA PALABRA

LA PRIMERA PALABRA ES ALGUIEN A QUIEN LE GUSTA MUCHO ALGO.

LA SEGUNDA ES LO QUE FALTA AQUÍ: "DEMONIO DE _____MANIA".

LA TERCERA ES LA MITAD DE MAMÁ.

CUANDO JUNTES LAS 3 RESPUESTAS, DESCIFRARÁS LA PALABRA ESCONDIDA, QUE DESIGNA AL QUE ESPANTA EN LA ÓPERA DE PARÍS.

RESPUESTAS: FAN - TAZ - MA (FANTASMA)

ECHAR UN OJO

Un dragonilo acaba de sobrevolar esta extraña forma.

ADIVINA QUÉ EDIFICIO ES.

EL reto de la geek

¿Eres capaz de fabricar una estrella con palillos que se mueve sola?

Para vencer el reto necesitas:

— 5 palillos (*deben ser planos*)

— 1 cucharita

— un poco de agua

¿COMO HACERLA?

1. Dobla los palillos en dos.
Cuidado, no los rompas completamente.

2. Coloca los palillos así:

3. Pon agua en la cucharita y deja caer una chorrito en pleno centro de la estrella.

El agua hinchará la madera de los palillos y esto los hará moverse. Se desplazarán, y la estrella se abrirá ante tus ojos.

¡Es el momento de pedir un deseo a esta bella estrella en

EL CHEF

¡De un baguettazo!

EN FRANCIA, SE VENDEN CADA AÑO DIEZ MIL MILLONES DE BAGUETTES.

Teniendo en cuenta que la población de este país es de 65 millones de habitantes, podemos concluir que cada francés come en promedio 153 baguettes al año. ¡Sólo en París, se venden 500 000 cada día! No es sorprendente que este pan de forma alargada sea el símbolo culinario de Francia, y sobre todo de París, su lugar de origen.

Este pan no fue inventado ayer. Algunos cuentan que Napoleón pidió a los panaderos un pan más fácil de transportar para sus soldados. Otros afirman que la baguette sería una variedad del pan vienés, introducido en Francia en 1830, quitando la leche de sus ingredientes para bajar su precio. También se dice que su forma larga se debería a las canastas de mimbre: así el pan cabía mejor. Este pan, el único en el mundo con esta forma tan peculiar, probablemente se convirtió en la baguette que conocemos hoy.

Sea como sea, ¡el arte de confeccionar la baguette es algo serio! Ésta tiene que pesar entre 240 y 340 gramos, y medir entre 50 y 70 centímetros. En 1993, la baguette de tradición francesa fue oficialmente patentada, gracias al famoso "decreto del pan". Según esta resolución, la baguette sólo debe contener los ingredientes siguientes: harina, agua, sal y levadura.

LA BAGUETTE DE ORO

Cada año, París organiza el Gran Premio de la Baguette de tradición francesa con el fin de premiar a los mejores panaderos de la capital.

CONSEJOS DE PRO

Una buena baguette tiene una costra fina, crujiente y dorada. El migajón debe ser blando. Si lo presionas entre tus dedos, una vez que lo sueltas debe retomar su forma inicial.

UN CLÁSICO

Un pedazo de baguette untado con mantequilla y mermelada, remojado en una taza de leche con chocolate. ¡Ñam-ñam!

¡Yo recibí la medalla de oro por el mayor consumo de baguettes!

Abejas
en la ópera

LA MIEL PARISINA, ¡UNA VERDADERA DELICIA URBANA!

En 1982, Jean Paucton, accesorista en la Ópera de París, adquiere una colmena. Como vive en la ciudad y sus vecinos no aprecian la presencia de sus nuevas amigas, las abejas, el señor Paucton se pregunta dónde podrá poner su enjambre.

Un colega le sugiere instalar su colmena en el techo de la Ópera, en pleno corazón de París. Para su gran sorpresa, después de solo una semana, la colmena rebosa de miel. ¿Quiere decir eso que las abejas están a gusto en la ciudad? ¡Afirmativo! Las colmenas urbanas producen casi dos veces más miel que las del campo.

En la ciudad, obviamente, las abejas se enfrentan a la contaminación. Pero así, escapan de los pesticidas frecuentemente utilizados en medios rurales. Es toda una ventaja, ya que estos productos tienen un efecto devastador en las poblaciones de abejas.

La temperatura promedio en París es tres grados más alta que la del campo. Este pequeño extra de calor es suficiente para animar a las abejas a salir de la colmena más temprano en la mañana, y regresar más tarde en la noche.

Las abejas saben ahorrar su energía. Liban dentro de un radio promedio de tres kilómetros alrededor de la colmena. En la ciudad, con cortas distancias, tienen acceso a una variedad mayor de flores que en el campo. Gracias a los jardines urbanos, los bosquecillos y las jardineras, las abejas pueden encontrar polen proveniente de una impresionante diversidad de especies vegetales.

La miel producida en los techos de la Ópera de París tendría un sabor y aroma inigualables. ¡Se dice que a los turistas les encanta!

Croque-Monsieur

Si paseas en París y tu estómago empieza a gorgorear, párate en un café para saborear una de las especialidades francesas: el *croque-monsieur* (¡literalmente, el 'muerde-señor'!). No te preocupes, ¡el mesero no te traerá un parisino entre dos rebanadas de pan! Más bien recibirás un tipo de sándwich caliente, hecho de pan de miga, jamón y queso.

Según la leyenda, el primer *croque-monsieur* data de 1910 y fue servido en un café parisino del *boulevard des* Capucines. En esta época, cuando los meseros atendían a los clientes, siempre agregaban "señor" al final de sus frases. Entonces podemos imaginarnos que los clientes pedían un *croque*, y que los meseros contestaban: ¿"Un *croque, monsieur*?" Así se cree que se hizo el añadido, lisa y llanamente, a lo largo del tiempo.

Receta

NECESITAS:

- 2 rebanadas de pan de miga
- 2 finas rebanadas de jamón
- Mostaza de Dijon (aproximadamente una cucharadita)
- 250 g (1 taza) de queso rayado (gruyere o emmenthal)
- Un poco de leche

1 Raya el queso y ponlo en un pequeño tazón.

2 Agrega sólo lo suficiente de leche para cubrir el queso y mezcla bien.

3 Unta de mostaza una primera rebanada de pan y coloca encima de ella las rebanadas de jamón.

4 Cubre el jamón con la mitad de la mezcla de queso y leche.

5 Agrega la segunda rebanada de pan y cúbrela con el resto de la mezcla de queso y leche.

6 Asa tu *croque-monsieur* bajo el grill alrededor de 10 minutos, o hasta que el queso esté gratinado.

BON APPÉTIT!

LA ReBeLDe

La sigla *TGV* significa 'Tren de Gran Velocidad'.

¡LAS "MOTOPOPÓS", UNA IDEA QUE ESTÁ PERRONA!

A menudo se dice que el perro es el mejor amigo del hombre. En ese caso, ¡los parisinos pueden presumir de tener alrededor de 150 000 amigos! Los capitalinos quieren particularmente a sus lindas mascotas, pero aprecian mucho menos tener que recoger los pequeños regalos que éstas dejan al pasar. ¿Te imaginas? ¡16 toneladas de excremento canino terminan cada día en las aceras de la ciudad!

Es por esta razón que, en 1982, la alcaldía de París decidió remediar la situación con la ayudar de una invención muy graciosa llamada "Caninette". Éste es el nombre oficial, pero los parisinos espontáneamente lo cambiaron por "motopopó". ¡Menos elegante, pero mucho más divertido!

Este aparato es una motocicleta modificada, equipada con un especie de tubo de aspiradora adelante y dos recipientes en la parte trasera. El agente de limpieza que monte sobre ella puede recorrer las banquetas de la ciudad, aspirando las pequeñas popós, una tras otra.

Desgraciadamente, veinte años después, esta invención que hacía reír tanto a los turistas y a los dragonilos fue retirada de la circulación. Al parecer, las "motopopós" eran muy costosas, contaminantes y poco eficaces.

Hoy, la "guerra contra las popós" está lejos de haberse acabado. Las autoridades apuestan por el civismo de los parisinos para preservar la limpieza de las aceras. Por lo tanto, piden a los dueños de los perros que recojan ellos mismos las pequeñas bombas nauseabundas abandonadas por su animal. Con el fin de alentarlos, distribuidores de bolsas de plástico gratuitas se instalaron en la ciudad.

CUCURRUCUCÚ PARÍS

EN PARÍS, HAY CERCA DE 80 000 PALOMAS, ¡ES DECIR UNA PALOMA POR CADA 25 HABITANTES!

La ausencia de predadores, la disponibilidad de comida y los numerosos espacios que propician la nidificación son las causas principales de la proliferación de palomas en la capital.

Algunos las aprecian mientras que otros las odian. ¡El temor de ser **"poposeado"** sobre la cabeza asusta a más de uno! Pero los más castigados son los edificios. La acidez de los excrementos de estas voladoras literalmente corroe sus paredes.

Por esas razones y varias otras, la alcaldía de París decidió intervenir erigiendo palomares anticonceptivos en la ciudad con el fin de controlar las poblaciones. Las instalaciones miden 7 metros de altura y pueden recibir hasta 200 individuos. ¡Son verdaderos hoteles para palomas!

¿Cómo funcionan? La primera nidada de cada pareja de palomas se cuida. En el caso de las nuevas puestas, los huevos son agitados a mano con el fin de bloquear el desarrollo de los bebés. Como los huevos son dejados ahí mismo cierto tiempo, la hembra no deserta completamente el nido y continúa incubando sin darse cuenta de que

LOS chistes
de TOTO

En Francia, los chistes de Toto son muy populares entre los jóvenes.

AHÍ VAN ALGUNOS:

Un día, la mamá de Toto le dice:
— A ver, Toto, ¿qué dirías tú si me vieras en la mesa con las manos tan sucias?
— ¡Tendría la delicadeza de no decírtelo!

El maestro interroga a Toto:
— Toto, conjuga el verbo comer en primera persona del singular, en los diferentes tiempos del indicativo.
— Yo como... Yo comería... Yo comí... ¡Yo me llené!

La mamá de Toto le pregunta:
— ¿Qué haces?
— Nada.
— ¿Y tu hermano?
— Me está ayudando.

Toto se queja con su mejor amigo:
— Mi mamá me regañó por una cosa que no hice.
— ¿Ah sí? ¿Qué?
— Mis tareas...

¡Un loquillo ese Toto!

El papá de Toto le pregunta:
— Pero ¿dónde está tu boleta?
— Se la presté a un amigo, ¡quería asustar a su papá!

El maestro de Toto le pregunta:
— Toto, ¿cuál es la 5ª letra del alfabeto?
— Eh...
— ¡Muy bien, Toto!

Toto dice a sus papás:
— ¡Rompí el récord! ¡Hice un rompecabezas en 15 minutos, aunque la caja decía "de 3 a 5 años"!

Un amigo pregunta a Toto:
— ¿Cuál es la materia escolar que odias más?
— Las matemáticas, porque me llenan de problemas.

El maestro pregunta a Toto:
— Toto, ¿cuál es el futuro de "yo bostezo"?
— Yo duermo.

El maestro pregunta a Toto:
— ¿Qué planeta se encuentra justo después de Marte?
— Eh... ¡miércoles!

¡Hasta Luego!

Es bajo un montón de dragonilos que se acaban nuestras aventuras parisinas. ¡Hagan sus maletas y prepárense para el próximo viaje!

De hoy en adelante, no olviden subir los ojos al cielo de vez en cuando. ¡Nunca saben quiénes podrían estar espiándolos!

GLOSARIO

Poposear: palabra inventada por los autores que designa la acción de un ave que expulsa excrementos.

Yo encartono: ¡Qué bueno soy!

Comidólogo: palabra inventada por los autores designando a una persona que lee el futuro en la comida.

¡SÍGUENOS EN
REDES SOCIALES!

LOS

DRAGONILOS

LAS CRÍTICAS SON UNÁNIMES...

"¡UN HUMOR BRILLANTE!"
BERNY, ESPECIALISTA EN PULIR SUELOS

"¡AUGURO UN ENORME ÉXITO!"
ESTEBAN, COMIDÓLOGO

"¡CRUJIENTE DE PRINCIPIO A FIN!"
ESTEFANÍA, PASTELERA

"¡REFRESCANTE!"
COLETTE, VENDEDORA DE HELADOS

MAXIM CYR Y KARINE GOTTOT

LOS
DRAGONILOS
LOS ORÍGENES   1

TOMO 1

MAXIM CYR Y KARINE GOTTOT

2

LOS
DRAGONILOS
LOS AZULES DE MONTREAL   2

TOMO 2

uranito

MAXIM CYR Y KARINE GOTTOT

3

LOS
DRAGONILOS
LOS AMARILLOS DE PARÍS   3

MAXIM CYR Y KARINE GOTTOT

4

LOS
DRAGONILOS
LOS ROJOS DE TOKIO   4

uranito